AF371126

UN

SERMENT DE FEMMES,

VAUDEVILLE EN UN ACTE,

PAR MM. LAFITTE ET CORMON;

REPRÉSENTÉ POUR LA PREMIÈRE FOIS, SUR LE THÉATRE DE L'AMBIGU-COMIQUE,
LE 14 NOVEMBRE 1836.

C'est un vrai guet-à-pens !   (SCÈNE XXII.)

PARIS,

NOBIS, ÉDITEUR, RUE DU CAIRE, N° 5.

—

1836.

<table>
<tr><td>Personnages.</td><td>Acteurs.</td></tr>
<tr><td>**LABOUSSOLE**, vieux marin.</td><td>MM. Cullier.</td></tr>
<tr><td>**TOUCHARD.**</td><td>Prosper.</td></tr>
<tr><td>**ANDRÉ**, garde-côte.</td><td>Francisque jeune.</td></tr>
<tr><td>**MARTHE**, femme de Laboussole.</td><td>Mmes Clorinde.</td></tr>
<tr><td>**SUZETTE**, femme d'André.</td><td>Aglaé.</td></tr>
<tr><td>**MADELEINE**, femme de Touchard.</td><td>Sophie.</td></tr>
<tr><td>**LOUISON.**</td><td>Héloïse.</td></tr>
<tr><td>**THÉRÈSE**.</td><td>Laure.</td></tr>
</table>

J.-R. MÉVREL, passage du Caire, 54.

UN SERMENT DE FEMMES,

VAUDEVILLE EN UN ACTE.

Le théâtre représente un site sur les bords de la mer. — Des arbres forment les coulisses.
—Au fond à gauche, une tour.

SCÈNE I.

MARTHE, vers la route du fond, après avoir regardé au loin avec inquiétude.

J'ai beau regarder... je ne vois rien venir... rien... pas une voile à la mer!.. l'affreuse chose que la guerre! c' village autrefois si populeux, ous'qu'on n'avait qu'à désirer... ous'qu'on s'accordait si bien... aujourd'hui tout y manque... on n' s'y entend plus... on n'y voit que des femmes! c'est endévant! au moins celles qui n' sont pas mariées peuvent prendre patience... parce que...enfin... l'innocence...ça n' sait pas. Mais celles qui ont goûté des douceurs de l'hyménée!.. ah! je les ai vues s'éloigner à pleines voiles les douceurs de l'hyménée... trente hommes superbes! dont un petit... c'était le mien... ça fumait... grognait... rudoyait... mais c'était là... ça avait son flux et son reflux.

AIR : de l'Anonyme.

Il tempêtait, souvent il faisait rage,
Mais par après succédaient les beaux jours.
On s'y habitue et dans un bon ménage,
Tout bien compris on se rattrap' toujours.
C'est un ennui d'être sans cess' paisibles
Au calme plat j'préfer' le carillon,
Ah! les maris sont souvent bien terribles;
Mais l' mariage est parfois assez bon.   (bis)

Mais ça finira peut-être. Toutes celles qui languissent comme moi, qui attendent leurs maris vont se rendre sur ce rivage... là!.. nous aviserons aux moyens de ne plus nous en séparer et de les bien tenir... quand nous les tiendrons!.. Mais voyez si elles arriveront! je me mange les sens! (On entend fredonner dans la coulisse.) Ah! en v'là une!.. non, c'est la seule qui soye contente. Elle a le sien! est-elle heureuse!

SCÈNE II.

MARTHE, SUZETTE.

SUZETTE.

AIR : Un soir dans la forêt voisine.

Mon Dieu qu'un mari garde-côte
Et qui s'absente nuit et jour,
A notre tendresse fait faute;
Surtout quand on l'aime d'amour,
Qu'on n'veut pas lui jouer d'malin tour.
Faut obéir, le d'voir commande;
Mais si, pendant qu'il est parti
Pour empêcher la contrebande,
On venait la faire chez lui...
    Dam! ça s'pourrait,
  Je n'cherche pas, mais qui sait?..
    De ces choses-là
  Quell' femme répondra?
     Voilà, voilà!
  L'danger de c'métier-là!

MARTHE.

Dieu me pardonne, tu te plains!

SUZETTE.

J' crois bien.

MARTHE.

J' te l' conseille!.. toi qu'as ton mari!

SUZETTE.

Pas tant que je le voudrais, madame Marthe!

MARTHE.

Et si tu ne l'avais pas du tout!

SUZETTE.

Je f'rais comme vous... je jetterais les hauts cris!.. j'enragerais d'en voir un à une autre.

MARTHE.

Tu vois donc ben qu' c'est nous que tu dois plaindre!

SUZETTE.

Ça m'est bien égal... c'est votre affaire!

MARTHE.

Petite féroce! vois donc quelle différence dans not' position.

SUZETTE.

Je vois ce qui me touche... André est vigie et garde-côte.

MARTHE.

Mais les nôtres sont corsaires.

SUZETTE.

Il passe les trois quarts du temps dans sa tour, et je n'ai qu'un quart.

MARTHE.

C'est toujours un quart! tandis que les nôtres passent tout leur temps sur la mer!

SUZETTE.

Eh ben! ça fait un compte rond.

MARTHE.

Égoïste! dire que nos gredins de maris nous ont plantées là pour se promener sur l'océan et mon Laboussole à leur tête! toi!.. tu lui portes la soupe, au tien!

SUZETTE.

C'est justement ça qu'est fumant. A qui qu'ça profite le plus? ça l'engraisse c'est vrai!.. ça lui fait de bonnes grosse joues... j'dis pas le contraire... d 'belles couleurs roses... c'est possible... mais ben souvent j' n'en ai qu' la vue.

MARTHE.

Tais-toi, ambitieuse!

SUZETTE.

D'ailleurs, allez vous plaindre à l'empereur!

MARTHE.

A l'empereur!

SUZETTE.

Si vous êtes vexées c'est lui qu'en est cause, ça tient à la politique... André m' l'a expliqué.

MARTHE.

Rexplique-le-moi donc!

SUZETTE.

Oui, mais la soupe d'André va être froide! ah, une idée!.. je vas la mettre au soleil.(Elle dépose son panier près d'un arbre.) Là!.. Voyez-vous, mère Marthe, il y a en Europe une balance... une grande balance qu'il faut tenir droite pour qu'il n'y ait pas de tricheries. Mais les Anglais... ils ont deux poids et deux mesures... ils n' veulent pas que la rivière coule pour tout le monde... et l'empereur dit à ça...

MARTHE.

Qu'est-ce qu'il dit à ça?

SUZETTE, se promenant les mains derrière le dos et faisant semblant de prendre du tabac.

« Ah! ah! vous êtes comme ça!.. vous avez votre manière de voir!.. mar-
» chez... marchez sur l'onde, mais je vous supprime la terre. Plus de mous-
» seline sur la terre, plus d'indigo, plus de canelle, plus de madras sur la
» terre. La terre est à moi! promenez-vous en bateau...et encore je don-
» nerai des encouragemens pour que vous ne soyez pas comme ça sur l'o-
» céan, bras dessus, bras dessous... j'enverrai des petits corsaires et des
» petits gardes-côtes, et si vous n'êtes pas contens, vous viendrez me le
» dire et nous rirons! »   (Elle se pose comme l'empereur.)

MARTHE.

C'est ma foi vrai... les petits corsaires sont nos maris.

SUZETTE.

Et les petits gardes-côtes c'est André... et ça s'appelle le... le... système
continental.

MARTHE.

Pourtant nos maris sont libres... personne ne les a forcés de s'engager!

SUZETTE.

Oui, mais ce diantre d'empereur vous a des rubriques!.. la gloire... les
rubans rouges... les lettres de marques... et les licences!

MARTHE.

Oh! scélérates de licences!

SUZETTE.

AIR : de Mazaniello.

Notre Empereur n'est pas blâmable
   Car, au fond il est bon Français,
Et jaloux d'notre honneur en diable
   Il fait tout ça cont' les Anglais!

MARTHE, soupirant.

   Son intention est légitime,
Mais à d'autr' il fait bien du mal!
Et l'Anglais n'est pas seul victime
   Du système continental. (BIS.)

SUZETTE.

Pauv' mère... va!

MARTHE.

Je n' veux pas qu' tu m' plaignes.

SUZETTE.

On n'sait par quel bout vous prendre.

MARTHE.

Apprends que ça va finir.

SUZETTE.

Tant mieux, car vous me faites de la peine!

MARTHE.

Nous avons assemblée ici, avec les autres.

SUZETTE.

Les autres... comme vous?

MARTHE.

Oui, comme moi.

SUZETTE.

Et pourquoi faire?

MARTHE.

Pour donner un croc-en-jambe au système continental. Allons les cher-
cher car je n'y tiens plus!

SUZETTE.

Bonne chance, madame Marthe!.. (Marthe se retourne, montre le poing à Suzette et s'éloigne vivement. — Suzette allant reprendre la soupe.) Elle me ferait ou-
blier mon André! Ah! elle est encore chaude! (Appelant.) André! André!

SCÈNE III.

SUZETTE, ANDRÉ, paraissant sur le haut de la tour et tenant une longue-vue comme on tient un fusil au temps d'apprêter les armes.

ANDRÉ.

Qui vive !

SUZETTE.

C'est moi... Suzette.

ANDRÉ.

Ah ! c'est toi, Suzette !.. ma femme !.. Je peux pas quitter mon poste à volonté, je suis en observation... on a signalé une voile à la pleine mer et par trente-cinq degrés OUAIS-NORD-OUAIS.

SUZETTE.

J'me moque bien de ta voile ! descendras-tu ?

ANDRÉ, regardant avec sa longue-vue.

Ça pourrait bien-être des Anglais, vois-tu... ou ben encore des Américains... à moins que ça ne soye des Français ou des Espagnols.

SUZETTE.

En ce cas je remporte la soupe. (Fausse sortie.)

ANDRÉ.

La soupe ?.. tu n'es donc pas seule ?.. je vas descendre.   (Il descend.)

SUZETTE.

C'est ça, pour la soupe, comme c'est agréable pour moi, jeune, gentille... et on viendra me soutenir que des maris comme ça ne mériteraient pas d'être...

ANDRÉ, qui est entré en scène regardant sa femme sous le nez.

Quoi donc ?

SUZETTE.

Si ! ils le mériteraient !

ANDRÉ.

Ah ! mais bien !.. ah ! mais joli !.. vois comme j'accours, dès que tu m'appelles !

SUZETTE.

Oui... il y paraît.

ANDRÉ.

J'peux pas exister sans toi !.. quand l'heure du déjeuner arrive, ou ben encore celle du dîner... je d'mande Suzette à corps et à cris.

SUZETTE.

Bonne pièce.

ANDRÉ, posant la main sur le panier.

Est-elle encore chaude ?

SUZETTE.

Tiens, bourre-toi, vorace !

ANDRÉ, dévorant la soupe.

Vous avez l'humeur bien houleuse ce matin, Suzette.

SUZETTE.

J'ai tort, n'est-ce pas ?

ANDRÉ.

De quoi te plains-tu, femme exigeante ? est-ce que je ne trouve pas bon tout ce que tu m'apportes ?

SUZETTE.

Oh ! tu t' soignes !.. mais moi, tu m'aimes joliment.

ANDRÉ.

Dam' j'appartiens à la direction des douanes... mon devoir avant tout.

SUZETTE.

Ton devoir est de m'aimer !

ANDRÉ.

Et la côte à garder ?

SUZETTE.

C'est moi qu'tu dois garder !

ANDRÉ.

Et ce phare à allumer !..

SUZETTE, sans l'écouter.

C'est moi...

ANDRÉ, l'interrompant.

Hein? voilà, voilà où l'on reconnait que les épouses sont peu patriotes et Françaises! voyons, es-tu Française?

SUZETTE.

Je suis de Caudebec.

ANDRÉ.

Quand tu entends le sacré mot de patrie, qu'est-c' qu' tu éprouves là?

SUZETTE.

Là!.. sous mon fichu?

ANDRÉ.

Immédiatement.

SUZETTE.

Dam!.. j'éprouve...

ANDRÉ.

Attends, j'vas mettre la main sur ton cœur et prononcer le grand mot. (Plaçant par terre le pot dans lequel était sa soupe.) Elle était très bonne.

(Il met la main sur le cœur de Suzette qui cherche à garder son sérieux.)

SUZETTE.

Y es-tu?

ANDRÉ, noblement et en faisant sonner les R.

Patrrrie! Qu'éprouves-tu?

SUZETTE, riant.

Eh! eh! eh!..

ANDRÉ.

Eh! eh! eh!.. C'est-y une réponse patriotique, ça?.. je recommence... patrrrrrie! Qu'éprouves-tu?

SUZETTE.

Et toi?..

ANDRÉ.

Tiens! c'est vrai!.. j'éprouve quéque chose! oh!.. ah!..

SUZETTE.

Eh! bien?

ANDRÉ.

C'est comme une envie de t'embrasser. Et toi?

SUZETTE.

Et moi, comme une envie de me laisser embrasser.

(Marthe parait au fond avec toutes les autres femmes..

MARTHE, à part.

Voyons donc c' qu'ils s'disent.

ANDRÉ.

AIR : de Julie.

Si telle est vraiment mon envie,
Et pourquoi donc que j'me gènerais?

SUZETTE.

Et si j'suis ta femme chérie
Pourquoi donc que je résist'rais?

ANDRÉ.

L'amour, mon pays me le crie,
On ne doit pas s'unir pour rien,
Dans l'mariag' c'est en s'aimant bien
Qu'on travaille pour la patrie.

ENSEMBLE, en s'embrassant.

Embrassons-nous aimons-nous bien
Nous travaill'rons pour la patrie!

SCÈNE IV.

LES MÊMES. MARTHE. MADELEINE. TOUTES LES FEMMES.

MARTHE. et toutes les femmes avec force.

Est-il possible!..

MARTHE, les séparant.

Misérables !

ANDRÉ.

Eh ! ben quoi... qu'est-c' qu'y a ? oh ! j'comprends !.. c'est les veuves... qui voudraient travailler aussi pour la patrie.

SUZETTE.

Sont-elles jalouses !

TOUTES,

C'est une horreur.

MADELEINE.

Ah ! que c'est peu généreux !

MARTHE.

Là !.. sous nos yeux !.. comme pour nous narguer !

ANDRÉ.

Ah ! parbleu !..j'vas m'gêner pour embrasser ma femme !.. fallait pas regarder ce qui n' vous regardait pas.

MARTHE, le menaçant.

Ça crie vengeance !

TOUTES, de même.

Oui !.. oui !.. vengeance !

AIR : du Morceau d'ensemble.

L'embrasser devant nous
Ah ! vraiment ce trait est infâme,
Embrassez-la chez vous,
Mais modérez-vous devant nous.
Rien n'est si dangereux
Que la jalousi' d'une femme,
Rien n'est si dangereux
Mon cher André garde à vos yeux.

ANDRÉ.

Un instant... un instant donc !.. jeunes bacchantes !..

SUZETTE, se plaçant devant lui.

Lui arracher les yeux !

ANDRÉ.

C'est ce que j'ai de mieux.

SUZETTE.

Je vous l'défends !

ANDRÉ, l'excitant.

C'est ça... défends ton maître.

SUZETTE, menaçant les femmes de ses ongles.

Ah ! ben !..v'nez donc vous y frotter. Va, André...va, mon ami...aime-moi toujours bien... je t'apport'rai d'la bonne soupe.

ANDRÉ.

Oui, mon chou !.. oui !.. (A part.) Elles bisquent, les veuves.

MARTHE, contractant ses mains.

Gare les griffes !

ANDRÉ.

Tiens... tiens, ma p'tite femme !   (Il l'embrasse.)

MARTHE, s'élançant sur Suzette.

J'vas t'embrasser, moi !

SUZETTE, se mettant en défense.

Qu'est-ce que c'est ?

TOUTES reprenant.

L'embrasser devant nous
Ah ! vraiment ce trait est infâme,
Embrassez-la chez vous
Mais modérez-vous devant nous.
Rien n'est si dangereux
Que la jalousi' d'une femme ;
Rien n'est si dangereux
Mon cher André gare à vos yeux.

(André rentre dans sa tour, protégé par Suzette qui, les mains levées, tient les femmes en respect.)

SCENE V.

LES MÊMES, hors ANDRÉ.

MARTHE, laissant retomber ses mains.

Allons, bas les armes! quand nous nous égratignerons... à quoi que ça nous avancera? à nous dévisager.

SUZETTE.

C' n'est pas vous qui y perdriez le plus.

MARTHE.

Petite malhonnête! mais je me mets au-dessus d' ça. Ne voyons que l'intérêt général, et ne songeons qu'à remédier à notre affreuse position. Parlons de nos maris.

MADELEINE.

Oui... oui... venons au plus pressé.

SUZETTE.

A la bonne heure, v'là l'essentiel,

MARTHE.

Êtes-vous toutes présentes?

MADELEINE.

Il ne manque personne.

MARTHE.

En ligne; j' vas faire l'appel.

SCÈNE VI.

LES MÊMES, ANDRÉ sur la tour.

ANDRÉ, pendant que les femmes se mettent en ligne.

Voyons donc un peu ce qu'elles ont à jacasser entre elles. Tiens! est-ce qu'elles vont faire l'exercice?

MARTHE, appelant.

Madeleine Touchard?

MADELEINE, portant la main à son bonnet.

Présente!

MARTHE, même jeu.

Thérèse Ledru, Louison Chaud-Chaud, Claudine, Françoise, Ursule, Perrette, Marie. C'est bien ça; plus moi... dame Marthe Laboussole!

SUZETTE.

Vous êtes toutes complettes... et alors... je suis de trop.

MARTHE.

Du tout! restez!.. écoutez et profitez!

SUZETTE.

C'est dit!.. je reste, j'écoute et je profiterai... si ça m' plait!

MARTHE.

Attention!

ANDRÉ.

Qué bon troupier ça fait, la mère Marthe.

MARTHE.

Silence!

MADELEINE.

Nous ne disons rien.

MARTHE.

C'est par précaution.

SUZETTE.

C'est juste.   (Toutes les femmes se rangent en demi-cercle autour de Marthe.

MARTHE.

Ne maudissez-vous pas le sort qui éloigne de vous vos maris!

TOUTES.

Oh! oui!.. oui!.. oui!..

SUZETTE.

Oh! quel écho!

MARTHE.

Ne gémissez-vous pas de l'isolement où vous êtes plongées?

TOUTES.

Jour et nuit!

SUZETTE.

Comme elles s'entendent!

MARTHE.

Eh bien! voici l'idée qui m'est venue.

SUZETTE, se rapprochant

C'est ça que je tiens à savoir.

ANDRÉ.

Voyons l'idée... si toutefois elle est visible.

MARTHE.

Quand nos corsaires de maris pour réparer leur absence, viendront mettre à nos pieds leur butin, leurs présens et leur amour, suivez alors mon idée et nous serons sûres de les lier pour toujours.

SUZETTE.

Voilà qui est fort.

TOUTES.

Parlez! parlez!..

MARTHE.

Air du major Palmer.

Si nous voulons les contraindre
A n' plus fair' notre malheur.
A leur retour il faut feindre
L'indifférenc' et la froideur!
Oui chacune avec adresse
Doit, quand son mari viendra,
Tout r'fuser à sa tendresse.

MADELEINE.

Qu'est-c' que vous dites donc là?

(Les femmes se regardent entr'elles.)

ANDRÉ.

En v'là une soignée.

MADELEINE,

Ça s'rait tenter l'impossible,
C' moyen n'est pas de mon goût.
Faudrait un cœur insensible,

SUZETTE.

Faudrait n'étr' pas femm' du tout.

MARTHE.

Pourquoi ces craintes mortelles
Je vous l' jure il ne faudra
Qu'un seul jour être cruelles!

MADELEINE.

C'est bien assez long comm' ça!

MARTHE.

Après un' pareille absence
Pour nous chacun d'eux sera
Plein d'amour et d'espérance

MADELEINE.

Qu'ils sont gentils comm' ça!

MARTHE.

De not' vengeance occupées
Quoiqu'ils d'mand'nt, refusons bien.

SUZETTE, à part

Ah! qu'ell's seraient attrapées
S'ils ne leur demandaient rien!   (TER.)

ANDRÉ, à part.

Je frémis de leur idée!

MARTHE.

Et nous ne céderons que lorsqu'ils auront promis de ne pas repartir... qu'ils l'auront signé... sur papier timbré.

SUZETTE.

Mais c'est leur tête qu'est timbrée !

MARTHE.

Ainsi c'est bien entendu ?

TOUTES.

Oui... oui...

MARTHE.

Pas de regrets, pas de faiblesse !

TOUTES.

Non, non !

MADELEINE.

Nous serons de marbre !

SUZETTE.

Je serai curieuse de voir ça.

MARTHE.

Engageons-nous donc toutes... sur l'honneur !

SUZETTE.

oh ! là ! là !

MARTHE.

Air : quatuor de l'Irato

Jurez-moi,

TOUTES.

Nous jurons !

MARTHE.

Qu'en ce jour...

TOUTES.

Qu'en ce jour

MARTHE.

Vous direz...

TOUTES.

Nous dirons :

Restez ou sinon

Non.

Ce moyen est fort bon !

ANDRÉ.

Une barque venant du côté du port !

TOUTES.

Une barque !

ANDRÉ.

Elle aborde !.. je vois le signal... ce sont vos maris.

(Il descend de sa tour et revient en scène.)

TOUTES, sautant de joie.

Nos maris !..

SUZETTE.

Comme ça les fait sauter !

Air : Galop de Gustave

Ah ! quel plaisir !
Ils vont venir
Bannissons toutes la tristesse,
Chagrins, ennuis
Sont donc finis,
Nous allons voir nos maris !
Ah ! c'est charmant !
Dans cet instant
Sachons tenir notre promesse.
Oui ce retour
A notre amour
Presage plus d'un beau jour.

MARTHE, dans le fond et regardant au loin. Toutes les femmes sont groupées auprès d'elle.

Les voilà qui montent la côte !..Laboussole est à leur tête, je le reconnais à la beauté de sa taille.

MADELEINE.

Ah! comme ils sont chargés!

MARTHE.

C'est des présens qu'ils nous rapportent.

MADELEINE.

Courons à leur rencontre.

TOUTES.

Oui courons!

MARTHE, se plaçant devant elles.

Arrêtez!.. et votre serment.

MADELEINE.

Nous avons fait un serment?

SUZETTE.

Elles ne s'en souviennent déjà plus?

MARTHE.

Voulez-vous donc que demain ils nous quittent encore!

TOUTES.

Non... non!..

MARTHE.

Demeurons donc ici! recevons nos maris comme il convient à de chastes épouses... à qui c'est bien égal!

SUZETTE, à part.

En v'là des sournoises!

(Toutes les femmes à l'exemple de Marthe prennent un maintien réservé.'

SCÈNE VII.

LES MÊMES, TOUCHARD, LABOUSSOLE, Les MARINS; chacun d'eux apporte un présent à sa femme.

CHOEUR DES MARINS; ils entrent vivement et en désordre.

AIR de Gustave.

Salut pays aimés
O belle Normandie!
Rive toujours fleurie
Salut bords parfumés!
Bénissons le destin
Nous sommes au rivage
Au golfe du ménage
Nous relâchons enfin!

LABOUSSOLE.

Vive Dieu! camarades, ce sont nos légitimes!

TOUCHARD.

Madeleine!

LES MARINS.

A l'abordage! (Ils s'élancent vers leurs femmes pour les embrasser, mais celles-ci les repoussent froidement. Étonnés, ils se retournent et se regardent entre eux.)

ANDRÉ, à Suzette.

Dis-donc; c'est drôle... hein?

LABOUSSOLE.

Comment, pas une parole?

TOUCHARD.

Pas un baiser?

ANDRÉ, à part.

Oui!.. j't'en souhaite des baisers!.. on a mis dessus un embargo général.

LES MARINS, retournant vers leurs femmes.

C'est moi!.. moi. moi!..

LABOUSSOLE.

Laboussole!..

TOUCHARD.

Touchard!..

LES MARINS, se regardant de nouveau entre eux.

Rien!..

MADELEINE.

Air : du Comte Ory.

C'est un moyen admirable
Que Marthe nous a donné
Il faut être inexorable,

MARTHE.

Comme ils ont l'air étonné !

LABOUSSOLE et TOUCHARD.

Me voilà ma chère femme
Je viens voler dans tes bras.   (Les femmes les repoussent.)
Je vous parle de ma flamme
Et vous ne répondez pas !

MADELEINE, à part en regardant Touchard.

Le v'là donc en personne !

MARTHE, regardant Laboussole.

Sa santé m' parait bonne !

LES MARINS.

Un seul mot
Rien qu'un mot
N' s'rait pourtant pas trop !

ENSEMBLE.

Le cœur est tout-à-fait muet
Grand Dieu ! qui les reconnaitrait.

LES FEMMES, à part.

Ils pens'nt que not' cœur est muet,
Grand Dieu ! quel effet ça leur fait.

LES MARINS, pendant que les femmes s'éloignent.

Un seul mot
Rien qu'un mot
N' s'rait pourtant pas trop !   (bis.)

SCÈNE VIII.

TOUCHARD, LABOUSSOLE, ANDRÉ, Les Marins.

ANDRÉ.

J'en reviens à mon dire, c'est fort drôle.

LABOUSSOLE.

Dites donc, les amis, il me semble que nous sommes un brin flibustés.

SUZETTE, à André.

Il appelle ça un brin !

TOUCHARD.

Oui, oui, carottés que nous sommes, nous jettons l'ancre et les voilà qui mettent à la voile !

Air : Vaudeville de l'Avare.

J'accours près d'elle, ell' me repousse,

LABOUSSOLE.

J' veux l'embrasser, elle s'en va.
On nous traite en marins d'eau douce.

TOUCHARD.

Au r'tour, c'est à qui nous r'fus'ra,

LABOUSSOLE.

Je n' les ai jamais vu's comm' ça !

TOUCHARD.

Leur silence a droit d' nous confondre,
Lorsque leurs maris leur parlaient,
Autrefois nos femmes avaient
Toujours quéqu'chose à leur répondre.
Ell's avaient de quoi leur répondre.

SUZETTE, à part.

Elles ont bien encore de quoi.

TOUCHARD.

Tiens, Laboussole, c'est toi qui nous as porté malheur.

LABOUSSOLE.

Mes amis, faut nous venger !   (Il réfléchit.)

TOUS.

Oui, vengeons-nous !

ANDRÉ, se frottant les mains.

C'est excessivement drôle !

TOUCHARD.

Mais comment nous venger ! pas seulement une pauvre petite femme sous la main... Ah ! si !.. Suzette !

ANDRÉ.

Hein ?

TOUCHARD, allant à elle.

Est-elle gentille, Suzette !

SUZETTE.

A la bonne heure ! j'ai cru qu'il était aveugle !

TOUCHARD, la lutinant.

Un baiser, Suzette.

TOUS, l'entourant.

Oui ! oui !

ANDRÉ, se mettant devant sa femme.

Un instant ! ah ! mais ce n'est plus drôle du tout !

TOUCHARD, le faisant pirouetter.

Au contraire, ça commence.

ANDRÉ.

Est-ce que vous croyez me faire tourner comme ça ? corsaires que vous êtes !.. séducteurs amphibies !

TOUCHARD.

Bon ! bon !.. crie !

LABOUSSOLE.

C'est comme si tu chantais...

(Il embrasse Suzette et tous s'empressent pour en faire autant.)

. SCÈNE IX.

LES MÊMES, MARTHE, MADELEINE, LES FEMMES.

MARTHE, au fond.

Que vois-je ?

TOUTES.

Ah ! les monstres !

ANDRÉ.

C'est une atrocité ! il y a vol avec voies de fait ! je demande des dommages-intérêts.

MADELEINE, à Suzette.

Vous n'avez pas honte ! une femme mariée ! petite sainte-nitouche !..

THÉRÈSE.

Petite mijaurée !

LOUISON.

Petite coquette.

LABOUSSOLE, à part.

Ah ça, mais... qu'est-ce qui leur prend donc ?

MARTHE, à André.

Et c't'autre imbécile qui les laisse faire.

LABOUSSOLE, qui les a écoutées avec attention.

Quoi !.. de la jalousie !.. elles qui, tout à l'heure... ça ne leur est donc pas égal !.. (Pendant que les femmes querellent Suzette et qu'André leur explique ce qui est arrivé.) Camarades !.. suis-je toujours votre chef ?

TOUS.

Oui.

LABOUSSOLE.

Eh bien ! croyez-en Laboussole ; elles vont revenir vers nous.

TOUCHARD, vivement.

Quel bonheur ! tâchons de les adoucir !

LABOUSSOLE.

Pas de ça !.. vous échoueriez ! voyez votre guide.

MARTHE, revenant avec les femmes auprès des marins.

Je vais leur parler !

LABOUSSOLE, retenant les marins.

Quand je vous le disais !

MARTHE.

Nous revenons auprès de vous ;

LES MARINS.

Non, non, mesdames, laissez-nous.

MARTHE.

Pour nous ayez moins de froideur,

LES MARINS.

Non, rien ne touche notre cœur.

MARTHE

Si nous fûmes coupables,
Nous demandons pardon.

LABOUSSOLE.

Soyons inexorables,
Amis, point de pardon.

TOUTES LES FEMMES.

Acordez-nous notre pardon.

LES MARINS.

Non, non, non,
Point de pardon !

ENSEMBLE.

LES FEMMES.	LES MARINS.
Nous revenons auprès de vous,	Non, non, mesdames, laissez-nous :
Pardonnez-nous, tendres époux ;	Allons, allons, éloignez-vous.
Si nous avons été coupables,	Amis, soyons inexorables !
Nous vous en demandons pardon !	Non, pour vous point de pardon,
Accordez-nous notre pardon,	Eloignez-vous point de pardon ;
Accordez-nous notre pardon !	Non, non, non, non, point de pardon !

SCÈNE X.

LES MÊMES, hors LES MARINS.

MARTHE.

Comment, ils s'en vont !

MADELEINE.

Sans nous rien dire !

SUZETTE.

Attrape !

ANDRÉ.

C'est vot' satané serment qui en est cause !

MARTHE.

André !

MADELEINE.

Où aviez-vous donc la tête ? il est beau, vot' serment ?

MARTHE.

Madeleine !

LOUISON.

Au fait ! à quoi nous sert-il ?

MARTHE.

Louison !.. vous ne voyez donc pas le grand profit que nous en retirerons ?

MADELEINE.

Je vois... je vois que jusqu'à présent ça n'a profité qu'à Suzette.

ANDRÉ.

Elle appelle ça profiter !

MADELEINE.

Pour un rien, j'irais retrouver Touchard.

LOUISON.

Et moi, Chaud-Chaud.

THÉRÈSE.

Et moi Drudru !

MARTHE, avec indignation.

Femmes sans courage! (A part.) Faut les remonter un peu! (Haut.) Eh! quoi! vous tremblez déjà! voyons, du sang-froid! nos maris font les fiers! eh bien! tant pire pour eux!.. ils s'en vont! tant pire pour eux... ils quittent leurs femmes! tant pire pour eux!

MADELEINE.

Mais, est-ce tant mieux pour nous?

MARTHE.

Tenons notre serment, et notre conscience sera tranquille.

MADELEINE.

Oui, mais notre cœur?

SUZETTE.

C'est ce diable de cœur qui est gênant!

MARTHE.

Je vois que vous rougissez de votre faiblesse!

SUZETTE.

Je n' vois pas qu'elles rougissent!

ANDRÉ.

Où a-t-elle vu qu'elles rougissaient?

MARTHE.

Ici, André! tu vas aller demander pour moi une entrevue.

TOUTES.

Pour moi aussi, pour moi aussi!

MARTHE.

Y pensez-vous! courir après eux!.. fi donc! n'ai-je pas promis de vous les rendre?

MADELEINE.

AIR des Chemins de fer.

En vous chargeant de cette affaire,
Vous n'irez pas sacrifier,
L'intérêt général, j'espère?
A l'intérêt particulier!

MARTHE.

Croyez-en mon expérience,
Je vais, puisqu'il en est besoin,
Les arrêter par ma présence.

SUZETTE, à part.

Ou bien les faire aller plus loin!

TOUTES.

En vous chargeant de cette affaire, etc.

MARTHE.

ENSEMBLE.

En me chargeant de cette affaire,
Je n'irai pas sacrifier,
L'intérêt général, j'espère?
A l'intérêt particulier.

(Toutes les femmes sortent d'un côté avec Suzette. André sort du côté opposé.)

SCÈNE XI.

MADELEINE, seule.

J'ai pas confiance dans Marthe, Touchard reviendra sans doute par ici, et je soutiens qu'on n'est jamais mieux servi que par soi-même... il n'est pas naturel qu'il ne fasse pas plus d'attention à moi... lui qui, à son départ, était tout le contraire.

AIR : Mon bouquet du moins y sera.

Son amour me semblait extrême,
Il m' disait : « Que j'quitte d'appas!
« Si tu savais comme je t'aime!
« Au retour Madelein', tu verras! »
Et moi, comptant sur sa tendresse,
Après lui, j' soupirais sans cesse!..
Il arrive... et puis... il s'en va,
Je n' m'attendais pas à voir ça!   (bis.)

Ah! mais j'y pense, s'il ne me trouvait plus jolie! si j'étais devenue laide!.. d' puis qu'il est parti, j' suis toujours avec des femmes, et personne ne m'a dit que j'étais jolie... j' suis peut-être affreuse! qu'est-ce qui pourrait donc me dire si je suis affreuse? ah! décidément, il faut que je sache à quoi m'en tenir!

SCÈNE XII.

MADELEINE, TOUCHARD.

TOUCHARD, paraissant au fond du théâtre.

La v'là!

MADELEINE, à part.

C'est lui! voyons donc un peu s'il me cherche. (S'en allant du côté de Touchard.) Laissez-moi, laissez-moi, monsieur, je ne veux pas vous écouter.

TOUCHARD, la retenant.

Tu n' passeras pas. (Il descend la scène avec elle.)

MADELEINE, joyeuse et à part.

Il me cherchait! (Haut.)

AIR : J' vous dis qu'il est là d'vant mes yeux.

Pourquoi m'empêcher de passer?

TOUCHARD, froidement.

C'est un capric'! c'est une idée.

MADELEINE, à part.

Par son air froid, je m' sens glacer,
A peine s'il m'a regard'e.

TOUCHARD, vivement.

Faut que j' te parle absolument,
La chos' devient trop rigoureuse!

MADELEINE, à part.

Comme il me regarde à présent!
Je crois que je n' suis pas affreuse! (BIS.)

TOUCHARD.

Ma petite Madeleine, entendons-nous.

MADELEINE.

Je n' demande pas mieux.

TOUCHARD.

Mais, pour ça, il faut se parler.

MADELEINE.

Eh bien, parlons-nous.

TOUCHARD.

Voyons, qu'est-c' que c'est... je te fais donc peur?

MADELEINE.

Non.... mais, c'est que...

TOUCHARD.

Rapproche-toi donc un peu!

MADELEINE.

Oui... mais, c'est que...

TOUCHARD.

Est-ce que tu n' m'aimes plus?

MADELEINE.

Oh!.. si!.. mais... c'est que...

TOUCHARD.

Tu as peut-être assez de ton mari?

MADELEINE.

Oh! non!.. mais... c'est que...

TOUCHARD.

Ah! c'est que... c'est que... quoi?..

MADELEINE.

Et vous?.. est-ce que vous m'aimez?

TOUCHARD.

Si j' t'aime! plus que jamais?

MADELEINE, vivement.

Bien sûr?.. (A part.) Maudit serment!.. j' voudrais n'avoir pas eu de langue!

TOUCHARD.

Pour lors. puisque tu m'aimes... puisque je t'aime... réponds à notre amour.

MADELEINE.

J' peux pas.

TOUCHARD.

Parce que ?

MADELEINE.

J'ai juré.

TOUCHARD.

De ne pas répondre! mais. ne suis-je pas ton mari ?

MADELEINE.

C'est vrai.

TOUCHARD.

Ton maître ?

MADELEINE.

Tu le dis.

TOUCHARD.

Eh bien! donc

Ta main, Madeleine.
Cède à ton époux :
Plus de peine.

MADELEINE.

Refuser, ça gène!
Donner, c'est si doux

TOUCHARD.

Jamais de la vie,
Ell' ne me sembla
Si jolie.

MADELEINE.

Dieu! qu' j'avais envie
De m'entend' dir' ça

ENSEMBLE.

Ah! ah! ah!,.

(Ils se prennent les mains et se regardent tendrement.)

TOUCHARD.

Un baiser, ma chère,

MADELEINE.

Qui! moi!.. consentir
La première!

TOUCHARD.

Cède à ma prière!

MADELEINE.

Regarde, on peut v'nir

TOUCHARD.

O bonheur extrême!
J' vas voir... attends là!

MADELEINE, à part.

C'est tout d' même,
Faudra, puisqu'il m'aime,
Qu'il courre après ça.

ENSEMBLE.

Ah! ah! ah!..

(Madeleine fait signe à Touchard d'aller voir si personne ne vient. Touchard s'éloigne et disparaît un moment : aussitôt. Madeleine se sauve par la droite , et Laboussole entre par la gauche.)

SCÈNE XIII.

TOUCHARD, LABOUSSOLE, ANDRÉ.

LABOUSSOLE, à André qui le suit.

Ah! elle demande une entrevue! j'en étais sûr, elle n'y peut plus tenir!

ANDRÉ.

Le fait est qu'elle y tient difficilement.

TOUCHARD, revenant en scène en chantant.

Personne. tendre amie... personne... (Il prend Laboussole dans ses bras.

LABOUSSOLE.

Eh ben?.. quoi! qu'est-ce?..

TOUCHARD.

Laboussole?..

LABOUSSOLE.

Parbleu! qui donc?

TOUCHARD.

Pardon!.. je croyais... j'avais la tête! (En se sauvant.) Que le diable l'emporte, capitaine!

LABOUSSOLE.

Matelot!

SCÈNE XIV.

LABOUSSOLE, ANDRÉ, puis MARTHE.

LABOUSSOLE.

Ah ça, mais, qu'est-ce qu'il a donc, celui-là? comment!.. il m'appelle sa tendre amie!

ANDRÉ.

Un vieux dur à cuire comme vous!

LABOUSSOLE.

Il est clair qu'il me prenait pour un autre... mais, chut! voici la mienne!

ANDRÉ.

Bien du plaisir, capitaine! (A part.) J'aime mieux qu'elle soit la sienne... que la mienne.   (Il passe devant Marthe en riant, et il rentre dans sa tour.)

SCÈNE XV.

MARTHE, LABOUSSOLE.

MARTHE, à part.

Nous voilà donc en présence!   (Elle s'arrange et prend l'air riant.)

LABOUSSOLE, à part.

Voyons un peu de quel côté vient le vent.

MARTHE, s'approchant et souriant d'un air coquet.

Ah! Laboussole!

LABOUSSOLE, à part.

Oh! quel air doux!.. c'est un vrai zéphire. Tenons ferme!.. abordons franchement. (Haut.) Que me voulez-vous?

MARTHE, vivement.

Ce que je vous veux?..

LABOUSSOLE, à part.

Voilà la mer qui s'agite!

MARTHE, avec douceur.

Je croyais que c'était vous qui me vouliez quelque chose.

LABOUSSOLE.

Qui a pu vous faire supposer?..

MARTHE.

Eh! quoi!.. en vous retrouvant au milieu de nous, n'avez-vous rien remarqué?

LABOUSSOLE.

Si... Suzette!

MARTHE, piquée

Suzette!..

LABOUSSOLE.

Elle semblait si contente!..

MARTHE.

Elle prend tant de part à tout ce qui nous arrive!..

LABOUSSOLE, à part

Ne lâchons pas le grapin!

MARTHE.

Mais qu'est-ce que vous avez pour être comme vous êtes?

LABOUSSOLE, à part.

Nous y voilà.

MARTHE.

Réponds...

LABOUSSOLLE.

Je ne m'explique pas.

MARTHE.

Mais tu as été six mois absent!.. six mois!.. sais-tu ce que c'est?..

LABOUSSOLLE.

C'est la moitié d'un an!

MARTHE.

C'est un siècle quand on attend. On s'inquiète, on se tourmente, on souffre...en six mois, on change bien!..

LABOUSSOLE.

C'est vrai!.. j'ai trouvé Suzette bien embellie!

MARTHE.

Scélérat!..

LABOUSSOLE, à part.

V'là le bâtiment qui saute!

MARTHE, furieuse.

Qu'as-tu fait de cet empressement pour ton épouse?.. qu'as-tu fait de ton ardeur?.. qu'as-tu fait de ta tendresse?

LABOUSSOLE.

Ce que j'en ai fait?

MARTHE.

Oui, qu'en as-tu fait?

LABOUSSOLE.

Je ne m'explique pas.

MARTHE.
Air : du Luth galant.

De t'expliquer!.. quoi tu refuserais!
De toi c'est là tout ce que j'entendrais!
Ah! tu tenais jadis un bien autre langage.
Et plein de ton amour après chaque voyage
Quand tu me retrouvais aussi belle, aussi sage,
Alors tu t'expliquais, (bis.)

LABOUSSOLE.

Oh! je n'ai pas perdu la mémoire!

Je m'en souviens, quand je vous revoyais
A m'expliquer jadis je me plaisais;
Et près de vous ayant la parole bien nette,
Je laissais bavarder mes yeux, mon cœur, ma tête;
Mais vraiment c'est qu'aussi vous n'étiez pas muette
Lorsque je m'expliquais, (bis)

MARTHE, avec volubilité.

Et c'est à moi que tu reproches le silence!.. à moi qui n'ai jamais eu que les meilleures intentions; qui n' suis toujours donné tant de peine pour être bonne, douce, aimable et fidèle!.. ah! Laboussole, donne l'exemple à toute notre jeunesse, redeviens ce que tu étais... tu étais si gentil...moi aussi... tu faisais tout c'que je voulais...je n'en f'sais qu'à ma tête... moi!.. muette!.. muette!.. vois donc... et dépêche-toi de dire le contraire, car en vérité la respiration me manque.

LABOUSSOLE.

Eh! bien oui... je t'aime!.. je t'aime!..

MARTHE.

Vraiment?

LABOUSSOLE.

Et je m'en vas.

MARTHE, le retenant.

Tu t'en vas?.

LABOUSSOLE.

C'est la plus grande preuve d'amour que je puisse te donner... car...

MARTHE.

Car?..

LABOUSSOLE.

Je ne m'explique pas.

MARTHE.

Mais enfin?.. (Laboussole après lui avoir fait un signe de tête négatif s'éloigne.

SCÈNE XVI.

SUZETTE, MARTHE, puis ANDRÉ.

SUZETTE, entrant par la droite.

Oh! que c'est bien fait!.. doit-elle enrager!

MARTHE.

Non!.. quel mystère!.. qui pourra donc me dire?.. (Elle redescend la scène et se trouve en face de Suzette.) Ah! Suzette!.. sais-tu?.. (Suzette fait un signe négatif.) Encore la même réponse!

ANDRÉ, entrant par la gauche.

Le projet du capitaine me paraît diablement risqué.

MARTHE, qui s'est retournée.

André... mon petit André!.. c'est donc toi qui me diras...

ANDRÉ, tournant la tête.

Hen!.. hen!..

MARTHE.

Comment! toi aussi!.. toujours non!..   (Elle lui donne un soufflet.)

ANDRÉ, criant..

Ah! au meurtre!.. On m'assassine!..

SUZETTE, se plaçant entre eux.

Un soufflet! oh! si ce n'était pas vous...

SCÈNE XVII.

LES MÊMES, MADELEINE, TOUTES LES FEMMES.

SUZETTE.

Battre mon mari!.. quand je ne le fais pas moi-même... (Lui passant la main sur la joue.) Pauvre petit André!.. je te vengerai, va!..

ANDRÉ.

A la bonne heure!.. en v'là des mains douces. (A Marthe.) Mais la vôtre... vous méritez bien la nouvelle que je viens vous annoncer.

TOUTES.

Quelle nouvelle! quelle nouvelle!

ANDRÉ.

De la part de vos maris.

TOUTES.

Qu'est-ce que c'est?.. qu'est-ce que c'est?..

ANDRÉ.

Voilà la chose. Les corsaires s'étant engagés sur l'honneur de repartir demain pour une expédition, ils ont craint, à la maison, l'influence de vos charmes. (A Marthe.) Je ne dis pas ça pour vous.(Mouvement parmi les femmes.)

MADELEINE.

Eh bien!.. achevez donc!

SUZETTE.

Elles n'ont plus envie de rire.

ANDRÉ.

Ils ont résolu pour ne pas manquer à l'appel, de passer la nuit à la belle étoile... dans leurs z'hamacs.

TOUTES.

Ciel!

SUZETTE.

Comme ça les a fait crier en même temps!

ANDRÉ.

Sur ce rivage et par rang d'ancienneté.

MARTHE.

C'est ça, Laboussole à leur tête!

MADELEINE.

C'est une indignité.

MARTHE.

C'est l'abomination des abominations.

ANDRÉ, se frottant les mains

Bon!.. bon!..

SUZETTE.

Elles sont en révolution!

MARTHE, se relevant.

Ils croyent nous réduire par la force! des femmes comme nous!.. c'est le moment de montrer à nos maris qui nous sommes!.. plutôt que de céder, je me passerai du mien toute la vie.

TOUTES.

Moi aussi, moi aussi!..

SUZETTE.

Oui... croyez donc ça!

ANDRÉ.

Si c'était, tout d' même.

MARTHE.

Rejurons d'être fidèles à notre serment.

ANDRÉ.

Comme ça jure.

TOUTES.

Air . Quatuor de l'Irato.

Nous jurons qu'en ce jour
Nous dirons : restez ou sinon
Non ! (Elles sortent par la gauche, et Suzette par la droite.)

SCÈNE XVIII.

ANDRÉ, seul.

Elles s'en vont tout d' même!.. en v'là des femmes!.. et des fortes! je l' disais bien!.. j'en avais un pressentiment. Et Suzette qui me plante là !...

SCÈNE XIX.

ANDRÉ, TOUCHARD. et LES MARINS.

TOUCHARD, accourant.

André! André!

ANDRÉ.

Ah! bon . v'là les autres.

TOUCHARD.

Eh bien !

ANDRÉ.

Elles sont parties.

TOUCHARD.

Sans rien dire?

ANDRÉ.

Au contraire!.. en criant à qui voulait l'entendre qu'elles n'avaient pas envie de courir après vous , et qu' vous pouviez demeurer dans vos z'hamacs! tant que ça vous ferait plaisir,

TOUS.

Pas possible.

ANDRÉ.

Très possible!.. sont-ils étonnans. Parce qu'ils sont corsaires , ils s'imaginent gouverner leurs femmes comme leurs chaloupes.

TOUCHARD.

On aurait pris le vent sur nous! amis! courons après elles!... toutes voiles dehors et attrape qui peut!

(Ils vont pour sortir, Laboussole se présente avec Suzette.)

SCÈNE XX.

LES MÊMES, SUZETTE, LABOUSSOLE.

SUZETTE.

Arrêtez !

LABOUSSOLE.

Arrêtez !

TOUS.

Laboussole !

ANDRÉ.

Et Suzette !

TOUCHARD.

Nous voulons nos femmes !   (Mouvement pour sortir.)

LABOUSSOLE.

Restez ici !.. tas de mousses que vous êtes !

SUZETTE.

Fiez-vous à notre expérience.

ANDRÉ.

Tu as de l'expérience ?

TOUCHARD.

Mais nos femmes... elle nous fuyent !..

LABOUSSOLE.

Silence, l'équipage !.. vous ne savez ce que vous dites et tout-à-l'heure vous en aurez la preuve

TOUS.

La preuve !

SUZETTE.

Je lui ai donné un moyen.

LABOUSSOLE.

A la manœuvre !.. vos hamacs à ces arbres !

SUZETTE.

Et à chaque hamac, attachez ce grelot. Marche...

LABOUSSOLE.

Marche.

CHOEUR

Air de Fra-Diavolo.

Ayons tous confiance
Grâce à ce moyen-là
Bientôt leur résistance
Mes amis cessera.

(Ils attachent leurs hamacs aux arbres.)

ANDRÉ.

Pardié, je le vois l'effet ! il n'en viendra pas une ! (Ils se retirent tous à droite.)

SUZETTE.

Tais-toi donc, et viens dans ta tour.

ANDRÉ.

Tu n' connais pas la femme... quand une fois elle s'est chaussée d'une idée, le diable la lui ôterait pas de la tête !

SUZETTE, le poussant.

Va donc ! va donc, bavard !

ANDRÉ.

Certainement, qu'il n'en viendra pas une. (Il entre dans sa tour avec Suzette.)

SCÈNE XXI.

MADELEINE, puis toutes LES FEMMES, arrivant les unes après les autres;
puis enfin, MARTHE.

Air nouveau de M. Vogel.

MADELEINE.

Me voilà, l'amour le plus tendre,
M'amène ici pour le surprendre ;
Il fait nuit, et j'espère bien,
Que personne n'en saura rien.

LES FEMMES.

Me voilà, l'amour le plus tendre, etc.

MARTHE.

Me voilà, l'amour le plus tendre,
M'amène ici pour le surprendre ;
Il fait nuit, et j'espère bien,
Que personne n'en saura rien.

(Toutes les femmes sautent en même temps dans les hamacs ; aussitôt, les sonnettes se font entendre, et le phare de la tour, allumé par André, éclaire la scène.)

ANDRÉ, sur la tour.

Oh ! quel carillon.

SCÈNE XXII.

LES MÊMES, TOUCHARD, LABOUSSOLE, LES MARINS, puis SUZETTE et ANDRÉ.

LES MARINS.

Air : Montagne.

Victoire ! (bis.)
Moment bien doux
Pour des époux !
Victoire ! (bis.)
Ell's sont à nous !

TOUCHARD.

Il faut l'avoir vu pour le croire.

LABOUSSOLE.

Et pour des maris quelle gloire !

TOUCHARD.

Recevez tout's nos complimens ;

LABOUSSOLE.

On ne surprend pas mieux les gens !

MARTHE.

C'est un vrai guet-à-pens !

TOUS.

Victoire ! etc.

(Toutes les femmes sautent en bas des hamacs, aidées par leurs maris qui leur donnent la main.)

SUZETTE, qui est entrée pendant le couplet, à André qui la suit.

Eh ben !.. toi qui disais qu'il n'en viendrait pas une.

ANDRÉ.

T'avais raison, elles sont venues toutes !

MADELEINE.

Mais, qu'est-ce qui nous a joué ce tour-là ?

MARTHE.

Ce tour infâme !

SUZETTE.

J' m'en vas vous dire : j'étais avec vous quand André vous a annoncé qu'ils allaient tous repartir.

Air de Céline

J'ai compris qu'à cette nouvelle,
Pour les r'voir, vous n' feriez qu'un saut ;
Et c'est moi, femm' jeune et fidèle,
Qui vient d'attacher le grelot !
Jurer d' fuir un mari qu'on aime,
C'est faire outrage au sentiment ;
Et tout' femm' qui jure de même,
Est sûr' de faire un faux serment !   (bis.)

MARTHE.

Allons, allons ! je ne jurerai plus.

CHOEUR FINAL.

Quand l' plaisir nous invite,
Ne l' refusons jamais !
De peur d'être ensuite,
Forcés d' courir après ! (bis.)

MARTHE, au public.

Vaudeville de la Somnambule

Une épouse prudente et sage,
Qui tremble de se parjurer ;
Vous le voyez dans son ménage,
A toujours grand tort de jurer !
Puisqu'il est vrai qu'un serment de femmes,
A bien de la peine à tenir ;
Ah ! puissiez-vous ce soir, mesdames,
Avoir juré de ne pas applaudir !   (bis.)

FIN.

9 782329 627793